四季如你

李静 ○ 著

知识产权出版社
全国百佳图书出版单位
—北京—

图书在版编目（CIP）数据

四季如你 / 李静著 .— 北京：知识产权出版社，2025.1
ISBN 978-7-5130-9301-9

Ⅰ.①四… Ⅱ.①李… Ⅲ.①诗集—中国—当代 Ⅳ.① I227

中国国家版本馆 CIP 数据核字 (2024) 第 033118 号

责任编辑：李 潇　刘晓琳	责任校对：潘凤越
封面设计：杰意飞扬·张 悦	责任印制：刘译文

四季如你
李 静 著

出版发行：知识产权出版社 有限责任公司	网　　址：http://www.ipph.cn
社　　址：北京市海淀区气象路 50 号院	邮　　编：100081
责编电话：010-82000860 转 8133	责编邮箱：191985408@qq.com
发行电话：010-82000860 转 8101/8102	发行传真：010-82000893/82005070/82000270
印　　刷：三河市国英印务有限公司	经　　销：新华书店、各大网上书店及相关专业书店
开　　本：880mm × 1230mm 1/32	印　　张：6
版　　次：2025 年 1 月第 1 版	印　　次：2025 年 1 月第 1 次印刷
字　　数：92 千字	定　　价：89.00 元
ISBN 978-7-5130-9301-9	

出版权专有 侵权必究
如有印装质量问题，本社负责调换。

目　录

i　　序言一

iv　　序言二

春·暖

2　　蛙声叫来了春雨

3　　撒一把春光

5　　围炉人家

7　　北方的花

8　　南方的树

9　　松鼠

10　　散步的乌鸦

12　　慕尼黑的星期六

13　　开往郊野的巴士

14　我最爱的山谷

16　放牛

18　花开的声音

20　紫荆雪

21　到公园散步

23　当下的小欢乐

25　突然的大雨

26　遇见蓝花楹

28　八世纪的光

30　凌晨四点的克卢日－纳波卡

32　时光在塞纳河右岸驻足

34　祈愿

37　三丫坡升起的太阳

夏·至

42　夏天是个女孩儿

43　柠檬树下

44　北纬 45.8071° 的风

45　微风刚好拂过这棵橄榄树

47　热气球的旅行

48　夹竹桃的夏天

49　做自己的太阳

50　爱与自由

52　一平方米的幸福

54　改天

55　一只爱旅行的公鸡

58　长在湖边房子上的阿尔卑斯梨树

61　水上村庄的丫头们

63　乌鲁木齐的云朵

64　一个 30°C 的午后

65　路旁的豆荚树

66	守望
68	天青色等烟雨
69	两个月亮
70	月光中飞行的鱼
72	在星河中流浪的尘埃
74	追光者
75	地中海的夜晚
76	月色
77	张望
78	自然
79	登南山南

秋·韵

- 82 有一种幸福叫平常
- 83 果园
- 85 梅子家的橘子树
- 86 石榴红了
- 87 鲁汶的一碗面
- 88 红海边的椰枣树
- 90 泡菜
- 91 站在柿子树上的长尾山雀
- 93 在湖边闪闪发光的傻瓜
- 95 赠丛中
- 96 我的女孩们
- 97 友谊无声
- 99 美丽的姑娘妮卡
- 101 好时光啊,你慢慢走
- 103 窗外的鱼塘
- 104 我来到你来过的地方

105　微醺时光

107　静静的伏尔加河

109　晚风心里吹

110　涟漪

112　紫色森林

115　莫斯科开往圣彼得堡的列车

118　幸福的盹儿

119　明斯克的黎明

121　致青春

123　种子

124　微光

125　值得

冬·归

128　见过爱的样子

130　好久不见

134　炭火

135　生命寂静

137　不同的冬天，不同的我们

139　时光隧道

141　穿越大雪纷飞的拉萨

144　我曾经来过

145　简单的温热

146　一城执念

150　布达佩斯的电车

152　你的态度

153　絮叨的爱

154　发糕

155　家书

157　星期天的早晨

159 和父亲的一次通话

161 每个人都是小孩

163 人间烟火

165 爱,生生不息

167 爷爷的扁担

后记

171 四季如你

序言一

致亲爱的、可爱的静子：

2024年元旦前夕收到静子的邀约，请我给她新的诗集写一篇序。受宠若惊的同时，对这位一年四季在世界各地飞来飞去的小女人佩服得五体投地。上一次收到她的散文集《蜗牛带我去散步》，还是在2021年我们第一次联合举办的活动中，当时的惊喜记忆犹新。短短三年后，静子又一次带给我新的礼物：《四季如你》。翻开书页，清新隽永的文字好像在对我说：无论多忙，都请记得停下来用心体会我们的生活。然而，我从冬天磨叽到夏天，从大雪拖延到蛙啼，每天想着为她写序的事情，每天打着腹稿，却迟迟不能完成托付。真正落笔的时候，推翻了一切堆砌起来的华美辞藻，只想把一位荣幸的读稿人最真实的感受，用最质朴的语言送给静子——这位灵魂深处有香气的女子。

静子的眼睛里一直有光，虽然在外人眼里她是一位标准的理科女，做着繁琐的工作，但和她相处时你只会感到纯净和赤诚，丝毫不觉无趣。讨论方案时，她提出的建议总是看似简单却直击根本，我事后分析，那应该归结于她看待问题时的单纯和没有私心。我们年龄相当，遇到的工作瓶颈也相当，一起吐槽苦恼和迷茫后，她总会释然地安慰我："大珍子，没关系，我们只需要修炼自己就好。"家人和朋友之于她，是自然的牵挂。每次我去深圳，她总能从紧凑的日程里挤出一起喝咖啡和聊天的时间。得知她要来北京短期工作的消息，我内心雀跃，因她蕙质兰心地选了寥寥几件家具就营造出了一个温馨的小窝，等这篇序"交差"，我就可以堂而皇之上门叨扰。

枯燥劳累的出差间隙，她写出这样一册诗集，我想她总免不了会抱怨睡眠的不足和任务的棘手。然而读完每首小诗，我看到文字里溢出的是春光的暖、夏夜的风、秋季的果实和冬日的寂静。插图则是笼罩在落日余晖下优雅的小镇、绿色的草地、彩色的花朵、平静的蓝色海面上休息的小船、慢悠悠走路的云和窈窕少女的背影。跟随静子的笔尖，我穿越在季节的轮回里，感受着她对世界的深爱。静子写东西时很像一位耐心的画家,将四季的颜色、声音和气息,一一描绘在我的眼前,我仿佛就站在她的身边听她娓娓道来。而这些诗歌不仅有对自然美景的赞美,更有对生命的体察与感恩。她以一颗敏感细腻的心,观察着周围的一切,感受到一草一木皆有情,一花一叶皆有意,每一个角落里都有美好,每一寸光阴里皆是惊喜,人间万物在她的笔下都变得清澈和明媚起来。这些文字让我整个人都松弛下来,焦虑的心情被温温地熨着,只有一个词最能描述此刻感受:人间值得。

以此为我珍爱的静子的新诗集作序,承蒙她不嫌弃。也向往和她一样,勤勉耕耘于当下,心怀诗意于远方。

好友:高珍

2024 年 6 月 2 日晚于燕秀园家中

序言二

一年前的今天，与好友喝茶聊天至夜深，感慨岁月如白驹过隙，孩子们如春笋般节节长高，无奈于父母们的年华逝去，任由白发爬满了两鬓。过往的经历有的模糊不清，有的历历在目，终归都在内心深处发光、发热。

经常想起小时候家门口的杨桃树，想起那满树的花，那满树的果，树上来不及吐果皮的小馋人儿。想起小时候离家不远处的菜园，溪流里嬉戏的鱼儿，绿油油的菜叶子，带着清香气味的小柿子。还想起放学后在广场上撒欢的孩童，听着家人响彻天际的呼喊，一溜小跑地回到家里等待吃饭，盯着灶台里的烤红薯出了神。一切恍如昨日之良辰美景，再定睛却已过春华数十载。在这不长不短的十几年间，体验过为了工作而废寝忘食，也体验过为了家人辗转医院、忧心忡忡；体验过地中海清风拂面的美妙，也体验过新西伯利亚冰雪的清冽；体验过一群人的热闹，也体验过一个人的清欢；体验过成功的喜悦，也体验过挫败的沮丧……生活之书，它是如此真实，又如此深刻。

　　林徽因说最美人间四月天，而我却不全以为然。春光赠予我希望，夏夜伴我于星月，秋日馈赠果实，而冬雪亦送来温情。要我说啊，人间最美四季天。

　　朗朗乾坤，人间清明。目光所及，四季如你。

李静

2024 年 6 月 10 日

春·暖

蛙声叫来了春雨

深圳雨季的天空灰蒙蒙，像是加了灰色染料的棉花糖，把太阳给包裹得严严实实，透不出一丝丝光。吹到脸上的风是湿润的，也许还夹带着南澳海边小鱼今早刚刚吐出的泡泡。

是夜，和好友叙旧品茶不觉竟临近子时。停好车，穿过小区池塘边的小桥便是我家，家人留的灯就在不远处安静地亮着。这是一条走了无数回的路，我甚至可以数得出来旁边的杜鹃新添了几簇枝丫。没有月色，远处的路灯投来淡淡的光影，穿过玉兰树散落在地上。夜已深，而前行的道路愈加清晰。脚底下的鹅卵石缝隙中不时蹦出几颗小石子，惊扰了池塘边还没有沉睡的青蛙。三两蛙声，此起彼伏。在这静谧的夜里，春雨再次不期而遇。

撒一把春光

撒一把春光

绿了小草,染了花蕊

撒一把春光

唤起了莺啼,嬉动了野鸭

撒一把春光

树梢也禁不住轻轻起舞

舒展开裹了一冬的曼妙身姿

姑娘在晨曦中走来

拉得颀长的身影,和着微风摇曳

撒一把春光

喜悦了一路

围炉人家

寒意料峭的春

阿尔卑斯湖还没揭去含羞的冰纱

晨风中的松柏也没来得及吐芽

树上的红嘴山鸦已迫不及待地鸣唱——

用它最嘹亮的歌声

乘坐美丽的五色音符

来到围炉的人家

滋滋燃起的炉火

对这个世界充满了好奇

它摇摆着舞姿

氤氲的火光便四处散开

它透过客厅一角的兰花

便在墙上留下天鹅般曼妙的身影

它抚摸了琴弦

便响起那来自布拉格广场的愿望之歌

一如明媚的夏日罗马广场——

暖暖的阳光中

流淌着自由的思想

交织着对生命的热爱与美好向往

窗外的春

也变得沁润了起来

北方的花

北方的春天

是色彩斑斓的

成串儿的迎春花

满树的桃花、李花、杏花

蜜蜂很忙

蝴蝶也很忙

南方的树

南方的树
一年四季都是绿的

还没来得及变黄
春天就来了

在最后一个清冽的早晨起舞
赞颂生命的周而复始

松鼠

经常来家里探访的松鼠
在阳台花坛藏了核桃

事情暴露后
它越发大方得体
摇摇晃晃地进入我的客厅
享受到嘴的果仁

但愿
它的美好回忆
有这一段

散步的乌鸦

偌大的绿草地上
它缓缓走来
仿佛中世纪欧洲街头走过的优雅绅士

一身黑色燕尾服
环顾一圈
发现并无太大变化
片刻便又淡然走开

草地上刚刚盛开的小雏菊
似乎吸引了它的目光
上前俯身轻啄
打个温柔的招呼
和春天的约定——实现

饱满的午阳

洒落在它乌黑的羽毛上

熠熠闪光

远处似乎响起了小伙伴的歌声

它驻足眺望

忽地扑棱着飞去

身后的小草也摇摆起来

不久

这片草地便又安静起来

慕尼黑的星期六

没有工作的星期六
属于这方小天地

穿过雕塑馆内古希腊时期以来的雕塑丛
来到我最爱的咖啡厅
它毫无痕迹地隐藏在不起眼的角落里
只是收纳落入天井的每一寸光阴
安静得像众神的庇护者

我便坐在这院子里
晒晒跑了上亿公里的阳光
听听历史的呼吸
万千思绪就此消失得无影无踪

开往郊野的巴士

开往郊野的巴士

摇摇晃晃

树上的麻雀

叽叽喳喳

钻进车厢的阳光

溜到每一个角落嬉戏

你眯起眼睛

笑开了花

颠簸进来的山风

还混杂着泥土的清香

这是春天的气息

我最爱的山谷

这是我最爱的山谷
春分才告别,我已经听到它在欢呼
绽放满山的芳菲
迎接久违的挚友

这是我最爱的山谷
谷雨将来,我已经看到它在起舞
扇动葱葱郁郁的裙摆
召唤一夏的山风

这是我最爱的山谷
泉水叮咚,虫鸣蝶飞
万物自然生,循道自然长

不要问我最爱的山谷在哪里

如果你跟我一起来

就会发现，它在我的每一个季节里

在我的每一次远行中

它住在我的心里

放牛

四季轮回
风儿捎来山川河流的问候
远方的友人何日再来?

给心爱的牛儿系上铜铃
折根狗尾巴草
晃悠悠,响叮当
一路春风
十里暖阳

但闻
它蹚过了溪流
它踏过了青草地
它与路旁的蝶儿嬉戏

远处花丛攒动

窃窃私语

一半绽放一半却还娇羞

路过的雀儿,掩嘴偷笑

笑红了夕阳

放牛的人儿,伴着晚霞

又见炊烟袅袅

花开的声音

街角

粉樱盛开

一树繁花

听

那是花开的声音

热热闹闹

争先恐后

带来春的问候

驱散一冬的寒意

紫荆雪

滨海东西十里

忽闻春风

恰是芳菲三月紫荆雪

阡陌路,车水马龙

半掩浅粉半映白

朝赏春光,夕踏斜阳

低声语,惊起白鹭一群

念友人

借清风邀仙子

一片两片落人家

到公园散步

寒意料峭的早春

枝丫三两交错

在天空织出几何图形的围脖

公园路上的小石子被踩得沙沙作响

我吹起了口哨

乔木上的绿鹦鹉则四处张望

啾唧着回应彼此

扑棱着飞去

草地上,灌木丛里

花儿们簇拥着挤作一团

蓝的,白的,紫的,黄的,粉的……

纷纷给这林子绘上初春的一笔

迷糊了的我

多希望同它们一般

穿越寒冬,跨越四季

如期心花绽放

当下的小欢乐

嘴角上扬

青春的气息流过管乐器的腔体

带来广场轻快起伏的节奏

十五张欢乐面孔的背后

是十五个我不知道的故事

年轻人们只是鼓足了劲儿吹着,摇着

美妙的音符就逃到了天空

跳到了树上

跌入路人的怀里

这些落入人间的欢乐天使

让我忘却了烦恼

突然的大雨

窗外的瓢泼大雨
把思念的种子冲了一地

流入街边,河里
它无处不在

遇见蓝花楹

有一种突如其来的心动
是和你的遇见
高耸而多姿
站在人群中,街角里
微笑着,任由团团点点的紫霞爬满枝头

我抬头,恰好掉入你无尽温柔的眼里
告诉我这里的四季
是怎样的恬静与多彩

风吹过,你便轻轻舒展身姿
抖落三两朵
在空中盘旋着,划出一道道紫色流苏
然后,缓缓降落

我知道，这是你送我的礼物

捡起来别入发梢

也是我对你最深情的告白

有些欢喜

瞬间，却永恒

八世纪的光

穿越八世纪的光

不早不晚

不倚不斜

有如一泓波光粼粼的湖水

洒落人间

蒙蒙晨雾中

一只麋鹿朝我走来

我问它叫什么名字

鹿儿笑而不语

它只是唱

它只是跳

它只是独自欢喜

八世纪的光

此刻

照在了大地上

人间便也明朗起来

凌晨四点的克卢日－纳波卡

凌晨四点的克卢日－纳波卡酣睡正香
昨夜尚且热闹的繁星
像一群顽皮的孩子
疲了倦了,已各自散去

不知不觉已是小满
一弯半月,悬挂在这无尽的夜色中
撒下淡淡的念想

沿着弯曲的盘山公路
就着山间雾气
车子缓缓离开
驶向下一个目的地

奔跑，奔跑
尽管奔跑

每一次前行
无边的爱与思念
都会赋予追寻天边那抹光芒的勇气

如果爱可以丈量
如果思念可以描绘
那便是这延绵不绝的盘山公路
那便是这深邃的夜色
那便是这广袤的天地

时光在塞纳河右岸驻足

许久不见，抑或是许久不念
一切的重逢
惊喜，却也夹杂淡淡的忧伤

中世纪走来的塞纳女神
婀娜多姿，见证物换星移
而时光
最终在右岸驻足

倒映在河面的圣母院
泛着粼光
伴随着微波生动起来

倘若欢喜

为何愁眉不展

倘若忧伤

又为何笑脸相迎

见或不见

一切已是最好的安排

祈愿

这是一片神奇的土地
成千上万的人奔赴于此
只为了在布达拉宫前双手合十的一刻
许下最诚挚的祝福

这是淳朴的高原
说一句扎西德勒
身着藏服的老奶奶和孩子们便合不拢嘴
那会说话的眼睛啊
笑出了花儿

这是让人回归宁静的大山
转经筒的每一圈起舞
信徒的每一步长拜前行
最美好的祈愿就从这里起程

无限的能量从此飘向浩瀚宇宙深处

拥抱星月

然后洒进你我的每一个善举

它将自带光芒

照耀世间万物繁荣

三丫坡升起的太阳

窗外的湖面还笼罩着淡淡的雾气

满园的葱绿等待鸟儿的唤醒

天边已经泛白

伴随着呼之欲出的光明

塔楼的钟声响起

它摘下古希腊爱奥尼柱头的雕花

拂过馆内的万千书丛

最终停在查理大桥上的亚里士多德面前

是在召唤一场思辨

抑或是倾听来自智者的启蒙

刚刚睡醒的黑天鹅们也陆续探出头

在这黎明前扑棱起来

刹那，冲破云层的朝阳喷薄而出
势如倾洒而下的虹彩，笼罩人间万物
那残留水面的涟漪
最终也消散于这四通八达的湖面上
消散在初升的晨光里

夏·至

夏天是个女孩儿

我眼里的夏天是个女孩儿，身穿一袭俏皮的公主裙缓缓走来。湖蓝是裙子的色彩，明媚纯净。腰间的丝带，宛如在湖中央轻轻系了一个蝴蝶结，几缕褶皱洋洋洒洒，划破湖面的宁静。肩上绣的两只绿雀儿，喳喳私语。

我眼里的夏天是个女孩儿，追光的步伐从不停歇。搭乘五彩斑斓的热气球，在璀璨迷离的银河中遨游。星星点缀在无边的夜幕上，像是绣满钻石的晚礼服，却唯独缺了灰姑娘的水晶鞋。

嫣然浅笑，世界因你而灵动。

柠檬树下

早起

来到柠檬树下小憩

飞来两只绿雀

落在树梢

我屏气不语

化作树下的木椅

听见它们在唱,在笑

啁啾不已

划破清晨的静谧

朝阳

也终于挂上了树梢

北纬 45.8071° 的风

北纬 45.8071° 的风

是来自萨格勒布的问候

悄无声息地来到了每一个角落

它吹来了第一抹晨光

城市开始苏醒

电车开始摇摆

它吹来了初夏的音讯

带着地中海的温润

印着深深的蓝

它吹来了中世纪的梦

它吹来了街角的歌声

它还吹来了你的消息

微风刚好拂过这棵橄榄树

穿过九万英尺的云层

俯视

十亿光年的蓝

海平面折出幻彩

帆船在此刻静止

而微风

刚好拂过这棵橄榄树

热气球的旅行

带着春天的明媚

夏天的热烈

秋天的温柔

还有,冬天的清朗

克拉科夫的热气球划过这片湖蓝的天空

人头攒动的古城广场热闹非凡

维也纳的歌声与夜空交汇

苏黎世的湖水惊艳世俗

我却看见

黑暗中绽开的麦芒

化作满天繁星

写下,你的名字

夹竹桃的夏天

巷子口盛开的夹竹桃
乘着晚风来到我的院子

装点了这个初夏
也装点了所有美丽的相遇

做自己的太阳

没有了光
你就做自己的太阳
照耀所到之处，心花盛开
世界从此明媚

没有了滋养
你就做自己的雨露
浸润干涸，跨越荒漠
带来万物生机

若是没有了前行的力量
你便打开时光隧道
拥抱蹒跚学步的自己
希望的种子
将在这里发芽，长大

爱与自由

爱是蓝色的

如同微风轻抚的地中海

无尽延伸的海面

涤荡着尘埃

刻下每一海里的念想

自由是蓝色的

如同映衬比萨斜塔的天空

鸟儿们翱翔着

歌声在塔顶回旋

写下每一英尺的喜乐

爱与自由

是这世上最好的礼物

一平方米的幸福

这是平凡的一天
思绪飘荡着,也停歇着
时光在指尖缓缓流逝
拥抱我一平方米的幸福

一平方米的幸福
是星期六洒入房间的晨光
唤醒我的每一寸欢喜

一平方米的幸福
是初二的月牙儿
点缀在无边的幕布上
然后,映入河面
宛如落入人间的精灵

一平方米的幸福

是云很轻的午后

咖啡厅外人来人往盛赞生活

而我却在人群中看见了你

改天

改天是一个永远有空的日子
也是一个让人充满期待的未来

遇上好久不见的友人
末了来一句:改天聚
方能表达那种惊喜
和依依不舍

一只爱旅行的公鸡

这是一只爱旅行的公鸡
每到一个地方便开始歌唱
它赞颂山川
它赞颂湖泊
它赞颂每个春夏秋冬

风和日丽的下午
它化身橱窗里的玩偶
五彩斑斓的羽毛
迷乱了我的眼

大雪纷飞的圣诞夜
它变作糖画
在灯光下发出耀眼光芒
让小女孩失了神

它每日的歌声

引来无数的行人驻足

看它眼里闪烁的光芒

听它带来世界各地的消息

这是一只爱旅行的公鸡

有了热爱

它从此不知疲倦

长在湖边房子上的阿尔卑斯梨树

如果我是一棵大树
我要成为湖边房子上的这棵阿尔卑斯梨树
挨着墙根,向湖而生

每天的幸福,从第一缕晨光开始
见证暖阳掀开湖面清凉的薄纱
唤醒湖边几只天鹅
带来些许清欢

最后一刻的狂欢,来自沉入湖水的夕阳
那是遥远的星河
倾泻而下的最后一抹染料
红了枝头,晕染了波光

如果我是一棵大树

我要成为湖边房子上的这棵阿尔卑斯梨树

长着长着,就成了房子的模样

孩童推开夏天的窗户

笑靥如花

窗外的阿尔卑斯梨仿若碧绿的铜铃

叮当叮当,召唤着山上的牛羊

冬天光秃的树梢却也并不寂寞

爱唱歌的绿莺在此停歇

唱出对爱人的思念

送给这来来往往的行人

这就是

一棵长在湖边房子上的阿尔卑斯梨树

它来过我的世界

短暂，却温润

从此各自安好

偶尔挂念

水上村庄的丫头们

来到水上村庄的丫头们
撒开了欢

跑到尽头
就跳上晃悠悠的木船
抱作一团

从停在湖中的船上商家
买来几根冰棍
丫头们光顾着舔
我和慧却被这时空感动

只有勤快的妮爸
仍在敬业地拍照

乌鲁木齐的云朵

乌鲁木齐的云朵

像是儿童节挤作一团热闹的孩子

一会儿骑着欢快的小马

一会儿化作翻腾的海浪

只管追逐、嬉戏

乌鲁木齐的云朵

更像是随时要跌落人间的精灵

矮矮地悬挂在空中

我轻轻一跳

就能扯住几缕轻薄的棉絮

随风飘荡开来

一个 30℃ 的午后

这是一个 30℃ 的午后
茶馆外骄阳高悬
屋里情意正浓

入席角落
焦灼也就随茶水而去

小孩,你别急
你看街上的大树枝叶繁茂
窗台的爱心榕清新摇曳
花会开,树会长
果子成熟啊,它就会掉落

路旁的豆荚树

每天路过一片无名的豆荚树
只见它们的叶子黄了又绿

风拂过
豆荚子就在空中晃啊晃
像荡秋千的孩童

燥热的午后
豆荚裂成两瓣
在天空拼出笑脸
然后
奔向世界各地

守望

杜布罗夫尼克古城与大海的守望
穿越这无限的轮回
带来中世纪最深情的告白
一朝厮守,再回眸却已是千年

赫拉打翻的颜料盒倾洒凡间
红了砖瓦,也蓝了亚德里亚海湾
晚归的帆船拉开几尾浪花
伴着渐远的夕阳
折射出氤氲的紫

我便醉在这最后一抹斜阳里
知了知了

天青色等烟雨

突如其来的暴雨

笼罩海湾一隅

不留遗力地

洗刷着夏日带来的喧嚣

雾气环绕着山峦

渲染出最美的天青色

风爬上了桅杆

雨停在海面

我的思念留在这片港湾

两个月亮

我在凌晨两点的鄂毕河畔
看见两个月亮

一个低垂天边
满盘四溢的银光
缓缓地流淌入无边的西伯利亚大森林

还有一个跌入河面
随波摇摆

夏夜的风掠过
都是远方的味道

月光中飞行的鱼

告别两万五千里的海底
挽住吹过海面的风
我便成了会飞的鱼

在那皎洁的夜色下
四周静谧而美好

穿越海上迷雾
我看见渔船灯火摇曳
随波摆动

飞过深深夜空
我看见岸边野花怒放
璀璨繁星
装点了这个夏夜

如果

只是迷恋海上的烟火

只是不舍大海的浪花

我便不再是

在月光中自由飞行的鱼

在星河中流浪的尘埃

如果说

白天明媚了我的双眼

黑夜则延展了我对世界的想象

它们之间的距离

正是这遥不可及的星河

繁星点点

尘埃万千

踏着夕阳的余晖而来

就着黎明前的黑暗起舞

在这雾气渐浓的郊野

我却被

这片夜色迷了眼

追光者

光与影

在这深邃的夜空相拥相随

映出无数个我

麦田里起舞

溪水间流淌

空中翱翔

如果遇上了云朵

我便化作雨滴

最终

汇成江河,奔向大海

从此生生不息

地中海的夜晚

入夜的地中海

笼罩在无边的夜色中

不再是忧郁的深蓝与浪漫

细软的沙子顽皮地在脚间流动

哼出咝咝的声响

欢迎远道而来的客人

忽见,维纳斯女神手捧明月

踏浪而来

所到之处尽是银光点点

她只是浅笑

闪耀星河此刻洒落人间

月色

谷雨后的是夜
清朗迷人

画一弯新月
嵌入硕大的天幕
邀一颗明星
高悬穹顶
柔光交相辉映,倾泻而入银河

星儿只是眨眼
月儿只是浅笑
这个夜晚静谧且美好
而我迷失在这无边月色中

张望

你总是张望

张望这繁华世间

张望人来人往

张望熟悉的身影

时而窃喜

时而失望

并不尽如所念

要我说

做你自己就很好

自然

阴沉的天气说来就来
昨天还是晴空万里
穿过枝丫投下的斑驳阳光
足以唤醒每一寸能量

但阴沉的天气说走也就走了
一杯咖啡的功夫,灰蒙渐渐散去
湖蓝色再次舒展
宛如被缓缓拉开的幕布

该来就来,该走就走
自然而然的法则
我们永远学不会

登南山南

南山南

远眺竹筏连连

一湾浮云，梦回故乡

那里同学恰逢少年意气风发

相伴数载，各驱前程

恩师训导仍历历在目

大国盛世，抑或民族危难

忘却家国梦想

又岂能独善其身

苦难，未能磨去吾辈斗志

却必然更加坚定信念

但使，归来少年

再燃心中热火

照亮前行的道路

秋·韵

有一种幸福叫平常

周末还活蹦乱跳的小朋友,星期一的早晨却嗓子疼起来,然后发烧,蔫巴着……我开始想念平日那个睡前闹腾不休的丫头,想念每天回到家的片刻欢愉,想念第二天可以轻松出门努力工作的日子。那些波澜不惊的平常此刻像极了日常兀自开放的小花,静好且透着淡淡的清香。

或许大部分人心里都拥有憧憬的未来和梦想,似乎等到那一天到来时生活会更幸福。我们习惯了住在未来、住在远方,住在那个我们还未曾抵达的想象中。有的人因此而沉浸在追求未来的幸福中,也有的人因此而时时焦虑,甚至对一成不变的日常生活感到厌倦与不满。

身边孩童的嘤咛声很快提醒我变身斗士,做好迎接一切困难的准备。而此刻的我也比以往任何时候都更加期待回归。因为有一种幸福于我叫作平常,那是岁月沉淀后最真实而平凡的人间烟火,丰盈了爱我的人和我爱的人。

果园

大博士的果园是郊野的一道风景

点缀了这个树林的秋天

平添几许童话气息

波罗的海的晚风

给各地的朋友们吹来了收获的味道

红彤彤的苹果

靛紫的西梅

还有，园子里合不拢嘴的大博士

被压弯腰的苹果树枝

匍匐向下，尽情释放成熟的芬芳

被秋霜浸润过的西梅

串在枝蔓上，仿若紫水晶般晶莹剔透

人间喜乐

就这样不经意地

在主人的脸上蔓延开来

梅子家的橘子树

梅子的老家有一颗橘子树

据说年幼时栽下

如今常年丰收

春天满树的花

梅子爸在电话里念叨着

果子熟了给你寄过去

夏天满树的果

梅子爸还是在电话里念叨着

果子熟了给你寄过去

这个入秋的午后

满箱的橘子照耀着梅子的笑脸

眼角开出美丽的泪花

石榴红了

石榴红了

梦中的你笑了

那是故乡的召唤

不知谁家姑娘从晨雾中走来

娇羞掩面,摇曳了这个金秋

石榴红了

红得晶莹璀璨

仿若散落漆黑夜空中的宝石

照在每一个游子回家的路上

那是家的方向

清风雨露请把这思念浸润

幻化成果实的色彩

给远方的亲人们捎去我的问候

鲁汶的一碗面

夜里，九点
我们饥肠辘辘

敲翟大哥的门
讨碗面

狼吞虎咽
不时讨好夸赞

大哥说俺俩：
馋样儿
吃饱了碗搁那儿
不送，早歇

红海边的椰枣树

红海边的椰枣树,像极了并肩作战的我们
努力往沙漠里扎根
抵抗住每一场风暴
然后,结出美味的果实

没有选择,或许也是一种选择
幸运与苦难
让人生的意义变得非凡

晨光带来了问候
雨露带来了滋养
风沙带来了坚强
而一切的未知则让我们抬头仰望这夜空
汲取苍穹的智慧

当夜幕开始笼罩

我的朋友们,你们不要哭泣

更不要悲伤沮丧

看天边冉冉升起的星星

不是又点燃了新的希望?

这些微弱的光点,最终必然汇聚

再次照耀那些互相搀扶前行的日子

和我们无愧无悔的青春

泡菜

那个星期六的太阳很明媚
闯进我们的小厨房
照在脸上
就像顽皮的孩子给每人都贴了亮片
你我她,笑得花枝乱颤

大长今
多么美好的女子
陌生又熟悉
遥远而又近在眼前

你说
幸福的秘诀就在这里

站在柿子树上的长尾山雀

寒冽的清晨

一只长尾山雀

轻落在柿子树的枝头

它时而眺望远方

时而轻啄熟透的柿子

怡然自得

些许清欢

无言

却仿佛远道而来的挚友

只要站在一起

就是友谊最好的模样

在湖边闪闪发光的傻瓜

买了火车票
两人就迫不及待地憧憬
美好的湖景之旅

阳光,蓝天,波光粼粼
还没开始远行
心思早已不属于这一方小天地

阵雨,却不期而遇
把这奔向湖边的红色列车包裹
滴答滴答,蹦着,跳着
你说,也好
至少多了一些伙伴

慕尼黑渐行渐远

雾气也渐行渐淡

勾勒出国王湖的笑脸

最终绽放在红顶教堂的面前

穿过雨露的夕阳,倾泻而下

两个傻瓜

此刻,在湖边闪闪发光

有爱的地方

从来都是光芒万丈

赠丛中

李家有女唤丛中

无畏世间名目独自盛开

惹得三月春暖

百花竞相放

轻倚竹楼

独坐，半晌

轻拨，筝鸣

一曲情长是不舍

一曲悠远是故乡

愿你良人相伴

挚友常相念

我的女孩们

有那么一群女孩
仿若我人生中的闪烁星辰
不经意间照耀彼此

沙滩上的足迹是摇曳的风铃
哼着你我的青春
樱花树下
随遇而安的旅途
见证女孩们简单的世界

亲爱的们
让我摘下紫色的桔梗
别在你们的发梢
一起迎风起舞

友谊无声

生长吧，友谊

如这漫山遍野的橄榄树生长吧

树干在雨中壮实

枝丫在风中起舞

累了，静寂就是最好的陪伴

绽放吧，友谊

如这无边的薰衣草绽放吧

浓郁的紫，醉人的香

浸染了夏日里的骄阳

装点了田野里奔跑的我们

噢，亲爱的朋友

不要告诉我友谊是什么

它不是一个公式

也不是一个定理

它无处不在

它是永存于我们心底最深的爱

是对彼此最好的祝福

美丽的姑娘妮卡

你的心底有一汪湖水
那里清澈透明

即便是尼斯的海蓝
穆然的橄榄绿
在你面前都黯然失色

在薰衣草中寻觅的你
手捧爱的光芒

好时光啊,你慢慢走

才把酒言欢,又见鹊上枝头
嘤咛啼开了腊梅
惹得百花竞相绽放

稀疏的星光,朗朗的月
浅浅照亮着游子回家的路
即便跨越万水千山
也总能绕到那暖暖的灯下
绕到那两鬓花白的亲人旁

微风吹来春日的暖
晨曦洒落温柔的希望
拂去一身的尘土
嘴角轻轻地上扬

好时光啊,你慢慢走

纵使利益出卖了虚假的情谊

纵使谎言遮掩了贪婪的嘴脸

我的朋友们

真挚的爱将永存心底

化作这美丽人间

窗外的鱼塘

窗外是鱼塘

鱼塘的远处是大桥

大桥的那端便是魂牵梦绕的家

夕阳给鱼塘洒下橙色的薄纱

我便知道,离你的距离又近了一些

无边的暮色下

静静地听着自己的心跳

每一个节拍

都写满了你的笑容

窗外的鱼儿

你们只管欢乐

为我,也为这美好的夜色

我来到你来过的地方

我来到你来过的地方
满心欢喜

小风轻抚发梢
渔舟开始唱晚

醉了夕阳
也醉了树下的人儿

微醺时光

多瑙河的落日
多少有些与众不同

天边云彩挥着绯红的翅膀
迟迟不愿离去
偶尔抖落数抹晚霞,随波起伏
仿若夏夜的星河
熠熠生辉

岸边的人
举着酒杯,笑开了花
微醺的时光
刚刚好

静静的伏尔加河

乘着天边最后一抹红

我屏住呼吸

来到你的身旁

眼前的你,美好一如从前

即将消失的晚霞

跌入你清澈的眼眸

在波光荡漾中跳跃着

然后,顺着那蜿蜒的轨迹

缓缓地流向各自的归宿

终究,荣光沉于黑夜

喧嚣止于宽阔

你,便只是微笑

而路旁的行人

驻足，或缓行

岸边漫不经心的野鸭

在思考

今年冬天的远行

我便这样注视着你

流光岁月

在这里停留

晚风心里吹

我来过

也没来过

这座城

每天的夕阳

如期而至

而窗外的晚风

披着余晖吹遍这港湾

停驻我心

它终究是来过

涟漪

石子划过水面

不轻不重

不声不响

涟漪泛开晕圈

在涤荡中摇曳

然后

缓缓平静下来

徒留

一丝喜悦

紫色森林

清秋的月光
毫无保留地洒入这片未知的森林

赤着脚
踩在蓬松的枝叶上
生怕惊醒沉睡的精灵
树上的松鼠
似乎看出访客的心思
我们相视一笑

露水渐浓,打湿了发梢
月光下蹒跚前行的影子
与灌木丛交错在一起
像是皮影戏的开场

忽然听见曼陀罗的歌声

来自那碗大的喇叭口

饱满且悠扬

唤醒精灵们的舞会

即将远行的候鸟开始扇动翅膀

麋鹿，刺猬，兔子，都探出头来

森林变得热闹起来

刚刚被露珠浸染的紫花

在这瞬间绽放

渲染了满星空的紫

最后落入你的眼中

闪耀，永恒

莫斯科开往圣彼得堡的列车

这个秋天的寒意
比漫山遍野的黄叶来得更早

伴着暖阳,列车缓缓驶出莫斯科的郊外
而我,也即将在这初秋的午后
从这片热土启程

你看那桦树依然挺拔
熟悉而陌生的身影在列车两旁掠过
留在初秋的寒风里轻轻摇曳
扫去时空徒留的落寞

我不知道
人生会有多少的炽热回忆

在这片土地上,每一个努力的你我

暴风雪中的每一次结伴前行

不知哪天便会入梦

如有所谓的刻骨铭心,我想便是了

我不知道

未来还有多少的坎坷与幸运

如能让我继续结识,相拥同心同愿的挚友

再苦的磨难又算得了什么?

共同搀扶的经历

就会化作我们温暖彼此的太阳

消融每一个困境

列车渐行渐远

它离开了,却又回来了

爱,来过

便倾洒在这每一寸土地上

在这用青春奋斗过的地方,永恒

幸福的盹儿

涅瓦河上的船
穿梭在各条历史河道中
游客们兴致勃勃
拍照留影

我却发现
你们都睡着了
还保持着相同的姿势

连日的奔波
打个盹儿都是幸福的
何况是在这美丽的涅瓦河上

明斯克的黎明

我在凌晨五点的明斯克醒来
黑暗过后的黎明越发寂静
也越发充满生机
揉揉朦胧的双眼,竟望得出了神

城市尚未苏醒
橙蓝的配色装点天边
有如镶嵌在深色晚礼服上的腰带
渐变,而不失优雅

所有的剪影都忙着与自己对话
晨曦中的边界线
勾勒出这座城市的轮廓

我追寻着光

就像思辨伴随着真理,在其中翱翔

然后,看见明斯克升起的太阳

冲出一切黑暗——破晓

最终在这个秋天盛开

迎接更加绚烂的一天

致青春

明斯克八月十五的夜,月光如水

乙丙丁的火锅,热火朝天

大罗说,表哥真好

大家便开心地笑

表哥也笑了

天上的月亮又圆又大

寄来了故乡亲人们的祝福

似银河般倾泻在明斯克大街游子们的身上

都说月是故乡明

于我,有爱的地方皓月永存

百花盛开

有了爱的照耀和温暖彼此的友谊

你我就有了行走于这世界的勇气

穿梭于未知的乐趣

此时,它记录着

我们每一个赤诚相待的时刻

每一次拥抱

每一个属于你我的青春

种子

不要小瞧一颗种子

只要依附在适合它的土壤

就开始生根，发芽

扎根，再扎根

向上生长，再生长

从此

我们看见了小草

看见了大树

看见这世间万物繁荣

微光

快递小哥说,多跑些路,可以多挣三十块钱
阿姨说,早餐的馄饨馅,是凌晨五点准备的
大山里噙着泪花的小孩说,想念外出打工的父母了

漆黑的夜晚映衬出星空的美丽
穿越寒冬努力发芽的枝丫引来鸟儿的鸣唱
那些远方的亲人们啊
也会化作明月清风常伴身边

有了黑夜见证勇敢
时间守护努力
你的笑容就会在天边化开一道口子
直到微光冲破最深的夜
洒落人间

值得

突如其来的狂风暴雨过后,果园开始恢复平静,散落地上的枝叶他日化作泥肥再回到树上。枝丫迎风摇摆的韧性见长,风雨后的果实更加饱满,在秋风中摇晃出收获的光芒。林子里只听见顺着树叶和果实轮廓向下滴淌的水珠声,滴答滴答……

冬·归

见过爱的样子

爱的样子千千万，不论哪一种，都在我的世界里闪闪发光。

每逢阴雨天，总会想起小时候和哥哥窝在家里的情景。母亲会问我们想不想吃发糕，然后开心地去和面。待到热腾腾的发糕端上来，我俩狼吞虎咽的吃相让她一边嗔责要吃慢一点，一边却又乐开了怀。长大成人后，虽然经历过无数个阴雨天和新的人物故事，但经常能唤起我回忆的仍是那热腾腾、软糯糯的发糕和母亲心满意足的笑容。

大雪纷飞的日子，我的记忆则会习惯性地停留在哈尔滨最寒冷的夜里。那是零下二十度的深冬，下了一整天鹅毛大雪的哈尔滨似乎进入了冰冻期，我则蜷缩在宿舍躲避最寒冷的天气。急促的敲门声响起，打开门发现爱人站在门口，手里拿着一件羽绒马甲。后来才知道，他当天领到家教工资后，看雪下得太大，想起我的衣服单薄，于是连忙冒雪赶到超市给我添置保暖服。雪给很多人留下的印记可能是洁白，可能是浪漫，也可能是严寒；而于我，却是一件羽绒背心，是温暖的拥抱。

　　见过爱的样子，品尝过爱的味道，心中便有了爱。它无关富贵贫苦，它无关高低贵贱，它是这世间最美的印记。正是它的存在，这世界才多彩且温暖起来，生命的力量从此生生不息。

好久不见

穿越夏秋,终于在深冬来到你的岸边
彼此轻轻道一声
好久不见

下午的三五点
属于一天迟来的祝福
暖暖的斜阳,洒落整个西伯利亚
一望无际地蔓延开
勾勒出你朦胧的轮廓

河面也变得氤氲了起来
飘渺的雾气,给你披上曼妙的薄纱
宛如害羞的少女
浅笑如兰

岸边挺拔的白桦,是在向你微笑吗?

寒风微起,他便轻摇枝叶

抖落一身的白雪

默默守望——

一如从前

天边一弯新月

不知何时已悄然爬上旷野

每天的如约而至,想必也是为了看你一眼

然后

撒下一把银光

把你映衬得洁白而神秘

雾气渐浓，我便拽紧衣角

在夕阳褪去前和你告别

你的微笑就此定格，温暖而羞涩

美好，且平和

好久不见

炭火

煮茶的炭火

明了又灭

灭了又明

就像你眼里的光

偶尔暗淡

却一直都在

生命寂静

生命原本寂静
却又免不了喧嚣

我曾无数次想起那些美妙的孤寂
它们总能让我在迷茫混沌之际
听到内心最清晰的回响
一次次找到出发的勇气

街角的一杯咖啡，冰雪融化的嘀嗒声
提卡坡湖的小木屋
还有鄂毕河边上那挂了满身雪的松树
每一次重逢
这世间所有的躁动都逐一湮灭

夜深了，只剩下深蓝的苍穹
即便是风
也屏住了呼吸

突来的大雨敲打着窗台
这世间却越发寂静
我便在这美好中沉沉睡去
万物如初

不同的冬天，不同的我们

不同的冬天，同样的大雪纷飞
不同的我们在一起
都很好

哈尔滨的雪花似绒花般轻盈
一朵一朵在空中盘旋，眺望爱的方向
无限眷恋地落入我的掌心
带来你 36°C 的问候

新西伯利亚的雪花似棉絮般厚实
只管簌簌地落下
这究竟是装入了一年四季的思念
抑或是用尽了爱的力量

拉萨和乌鲁木齐的雪花则来得细细洒洒

飘得心不在焉

随着山谷吹来的风起舞

为你我的旅途添色

也让彼此铭记那互相搀扶的日子

噢不

我又怎么能忘却

那陪伴我在每一个异国他乡的雪花

你们和那晶莹剔透的糖画

永远地盛开在我的心田

时光隧道

可以奔跑的时候,做个风一般的少年
可以热爱的时候,告诉世界你的梦想
可以拥抱的时候,请用力抱紧彼此

该来的总是会来
要走的终究会走

把一个个美好珍藏心底
那就是心中不灭的时光隧道
带你看见风雨中的彩虹
从此涅槃重生

穿越大雪纷飞的拉萨

如果你见过大雪纷飞的拉萨

定然会惊艳于

那抹爱得深沉的藏红

它跃上布达拉宫高耸的城墙

它淌入大昭寺的庄严肃穆

它藏匿于街头巷尾

点缀在远道而来朝圣的信徒身上

绽放在迟到的夕阳里

如果你见过大雪纷飞的拉萨

定然会失神于

那被勾勒出巍峨轮廓的山脉

在快速的行车途中绵延不绝,又悄然退去
似屹立边疆的哨兵
风雪越大
越是抬头挺胸
振臂高呼

要我说啊,穿越大雪纷飞的拉萨
就是送给你我最好的礼物
它面带浅笑,披着轻盈的白纱缓缓走来
这世间便尘埃落定,心生宁静

只剩下,思念幻化的片片雪花
落入最深的夜
在这美好人间盛开

我曾经来过

这片麦田,不知道我曾经来过
在青色麦芒羞涩绽放
随风摇摆的那个午后

这条河流,不知道我曾经来过
在落日余晖
于水面泛起晚霞的那个傍晚

这棵大树,不知道我曾经来过
在秋叶红了枝头
捡拾落叶的那个星期日

你们只管安静
却不妨碍,就此住进了我的心里

简单的温热

走到满是冰凌子的台阶边缘
犹豫着怎么下去

来吧,跳下来
你笑着说

坚定而有力
温热余冬

一城执念

如果我是这城

每当天际微露晨曦

我便会早早醒来——

推开一扇木窗

让穿过世纪的光

洒落我一地的念想

如果我是这城

每当教堂钟声在空中回荡

我便会双手合十——

把所有的祝福

装进信封

寄给未来的你

如果我是这城

每当雨雾渐起

我便会轻披绫罗——

把潮湿的孤寂轻抚

写入这传世的音符

如果我是这城

每当黄昏渐远

我便会点燃烛灯——

默默眺望远方的你

让所有的孤单

似乎不曾来过

如果我是这城

我愿

你是这晨曦

你是这钟声

你是这雨雾

你是这黄昏

你是这城中

与我相偎的一株梧桐

布达佩斯的电车

连续多日的阴雨天
终于在星期五得以暂停

清晨六点半的冬阳
浅浅洒入还未苏醒的布达佩斯
来得漫不经心
依靠在远处驶来的电车上
相伴缓缓而行

它们潜入我内心的荒芜
灌溉我干涸的思想
照耀在每一个黑暗的角落

只消抬头的片刻

我便知道

那就是重生

那就是鼓舞我前行的梦想

那就是美丽人生

你的态度

亲爱的小孩,你每成长一分
我都开心不已

一直憧憬我们的远行,似姐妹般的窃窃私语
拉着手奔跑,穿越山川与海洋
你会感叹自然的浩瀚与奇妙
还会看尽人间富足与疾苦,体验真情与冷漠

你不可高傲,也无需自卑
只要永远怀揣真诚
用奋勇做翅膀,用智慧做船帆
告诉这个世界你的态度,还有你的梦想
前进吧,我的小孩

絮叨的爱

每晚九点
婆婆逐个盘点早餐

几个鸡蛋?
一个

面坨?
好
大家便开心地笑起来

发糕

天色阴沉
夹杂一些冰雨

我在努力回想
一些刻骨铭心的阴天印记

最终发现徒劳一场
我只是记得下雨天里
妈妈从锅里拿出来热腾腾的发糕

家书

父亲的叮嘱乘着绵绵的细雨
飘到这个异国他乡,打湿我的眼眶

两鬓的白发,脸上的沟壑
见证了,流逝的光阴和最悠远的挂念
爱的刻痕,始于孩童时代的记忆
伴随一个又一个时代的更迭,无声却不曾远离
它是每一声呼唤,是每一次决定的最大支持
是远行最大的心安

有爱的地方,从来都不会荒芜
它带着种子发芽,它带着春雨灌溉
它还撒下一地阳光,生生不息

星期天的早餐

这个星期天的早上
孩子没有兴趣班
先生没有外出工作
母亲没有去买菜

我刚磨好了一杯咖啡
一家人的早餐平凡又奢侈

我赶紧给先生推荐最新的诗作
并忙着给他讲解最近让我泪如雨下的一首歌
孩子说她今年儿童节特别想要扭扭车
再次体验那种迎着风的感觉

先生连说好好好

失聪的老母亲只是笑

然后也说好

我看见,时光恰巧在这里停歇

照亮每一个人

和父亲的一次通话

电话接通后,父亲开心地叫着我的小名
像是谱了调子,尾音被拉得悠长婉转
我听出了其中的喜悦与自豪

他给我讲在大舅家的聚会很开心
长大的小表妹也结婚了
大家都在问我们回老家的计划
我只是笑着说好

他给我讲奶奶的脚还是会疼
眼睛越来越看不清楚
但幸运的是还可以慢慢地走
慢慢地吃饭
一切都是慢慢地,不易却已是最好的眷顾

我说,那就好,找时间回去一趟
老父亲开心地像个孩子连说好

挂了电话
想起小时候家门口那棵杨桃树
那满树的花,满树的果
念到深处便入我梦来

每个人都是小孩

每个人都是小孩

在那遥远的小时候,谁还不是个小孩

爷爷的菜园是我永远的乐园

一勺溪水,一尾小鱼

土里的蚯蚓,还有爷爷从树上摘下来的香蕉

闭上眼睛贴近刚长出的番茄苗

它的毛绒与清香

从此在我的记忆刻上欢喜

奶奶的大蒲扇是我夏日的庇护

没有虫鸣鸟叫的夏夜,知了也消失了

树梢一动不动

在月光的照耀下

竟宛如被黑夜封印的精灵

还嚷着要给奶奶捶背的我

也沉沉地睡去

只剩那把老蒲扇还在吱呀呀地摇着

晚饭前的呼唤

久久回荡在小广场的每个角落

我一遍遍地寻觅着那回不去的童年

终于,在时光隧道中看见

爱在这里永恒

人间烟火

放学路上,习惯远远地往家的方向眺望

炊烟升起,脚步也欢快起来

奶奶开始在灶头前忙碌

偶尔往炭火里扔进三两红薯

孩童们乐开了怀

炊烟渐小,晚餐也渐好

家人喊我和哥哥回家吃饭的声音,响彻农场

此刻伫立天边的烟囱

像极了奶奶召唤我们的手

它是家的符号,是家人们的陪伴

更是抚慰我童年的人间烟火

爱,生生不息

二月,最后的一片落叶

在清冽的晨风中缓缓打转

慢慢地,慢慢地落下

它留恋这世间所有美好

却也向往大地的归宿

百年时光在每一次旋转中放映

定格那一幕幕的人间烟火

慈爱的目光照亮了孩子们前行的路

满满的爱似银河般流淌了一地

化入宇宙万物

在漆黑的夜空中

新星闪耀

绽放出最美的莲花

孕育一切生命

溪水你别急

风儿你别慌

这春天来了,小苗儿就发芽

这秋天到了,瓜熟就落地

那些一路上遇到的嶙峋怪石与沟壑

终将塑造你们的坚韧品质

还有

这天上无数的星宿

也将守护你们的每一颗善心

赋予你们每一次前行重生的力量

爷爷的扁担

爷爷的扁担是一根老竹子做的,用的时间长了,竹节处摸起来光滑无比。每天去地里干活,他都会用这个扁担挑着箩筐出门,回来再挑上满筐的食物,番薯、木薯、番薯苗……不时还会从怀里掏出一把野果子,笑呵呵地看着我吃。如果我一同到田地里去,那我便能坐在其中的一个筐里,被他挑起来在空中摇晃,晃得我合不拢嘴。随着爷爷走动的步伐和箩筐的晃动,扁担也发出有节奏的吱呀吱呀声。

日渐长大,我被爷爷用扁担挑着的机会越来越少,直到有一天已经钻不进去那个箩筐,我也开始了离家求学的道路。即便如此,我仍会时时想念爷爷和他的扁担。某次周末回家,发现他只是坐在藤椅上不动,右脚肿了并伴有淤青。从奶奶口中得知,家附近的公路被雨水冲垮一个角,他自己拿着锄头,挑着箩筐去修路。石头太重,从箩筐里滑出来砸到脚,因此落下毛病。从那之后,扁担在角落里搁置的时间也越来越多。

在外求学的过程中，接触的世界越来越大，而离爷爷和他的扁担也越来越远。后来他开始生病，生越来越多的病，从轻到重。某天，突然接到爷爷在老家病危的电话，赶回去的第二天，他就永远永远地离开了我。只留下那个落了灰的扁担在角落安静地待着。

一晃，近三十年过去，我有了自己的家庭和孩子，更多了一份体验来理解家人们对我的好。昨天和孩子聊起那些很爱我却已经离开的亲人们时，我的心里涌过一阵阵思念和暖流。扁担上的时光，他们给我夹的每一口饭菜，小心翼翼打开的零食包，慈祥的笑脸……每一个小细节，就像电影一样在我脑海里播放起来。他们给予我的爱，已经深深地刻在心底，他们和这无边的爱在这里永恒。

后记

四季如你

春天的风是自由的

夏天的雨是洒脱的

秋天的落叶写满了故事

冬天的雪花映出你最纯洁的笑容

小小的人儿

光着脚丫在草地上追逐着光影

笑声在四月天放飞

落到湖面，荡起波光粼粼

停在花蕊，就绽放了万紫千红

那些互相惦记的人们啊

不论是在微风拂面的鲁汶小城

还是在静谧星空璀璨的拉萨

任四季轮回，思念不休

从此，我们看见这世间万物繁荣